Il était une fois un crayon, un petit crayon de rien du tout, seul au monde.
Il resta couché là, c'est-à-dire nulle part en particulier, pendant très, très longtemps.
Un jour, le petit crayon bougea, frémit un peu, se secoua légèrement… puis il commença à dessiner.

Pour Alvie, Ted et Ramona

MERCI À DAVID ET DANIEL.

Les éditions de la courte échelle inc.
5243, boul. Saint-Laurent
Montréal (Québec) H2T 1S4
www.courteechelle.com

Traduction :
Savoyane Henri-Lepage

Révision :
Vincent Collard

Infographie :
Sara Dagenais

Dépôt légal, 3e trimestre 2008
Bibliothèque nationale du Québec

La courte échelle reconnaît l'aide financière du gouvernement du Canada par l'entremise du Programme d'aide au développement de l'industrie de l'édition pour ses activités d'édition. La courte échelle est aussi inscrite au programme de subvention globale du Conseil des Arts du Canada et reçoit l'appui du gouvernement du Québec par l'intermédiaire de la SODEC.

La courte échelle bénéficie également du Programme de crédit d'impôt pour l'édition de livres — Gestion SODEC — du gouvernement du Québec.

Édition originale : The pencil, Walker Books Ltd

Catalogage avant publication de Bibliothèque et Archives nationales du Québec et Bibliothèque et Archives Canada

Ahlberg, Allan

Le crayon

(Collection Album)
Traduction de : The pencil.
Pour enfants de 3 à 5 ans.

ISBN 978-2-89651-093-1 (br.)
ISBN 978-2-89651-094-8 (rel.)

I. Ingman, Bruce. II. Henri-Lepage, Savoyane. III. Titre.

PZ23.A36Cr 2008 j823'.914 C2008-940958-2

Imprimé à Singapour

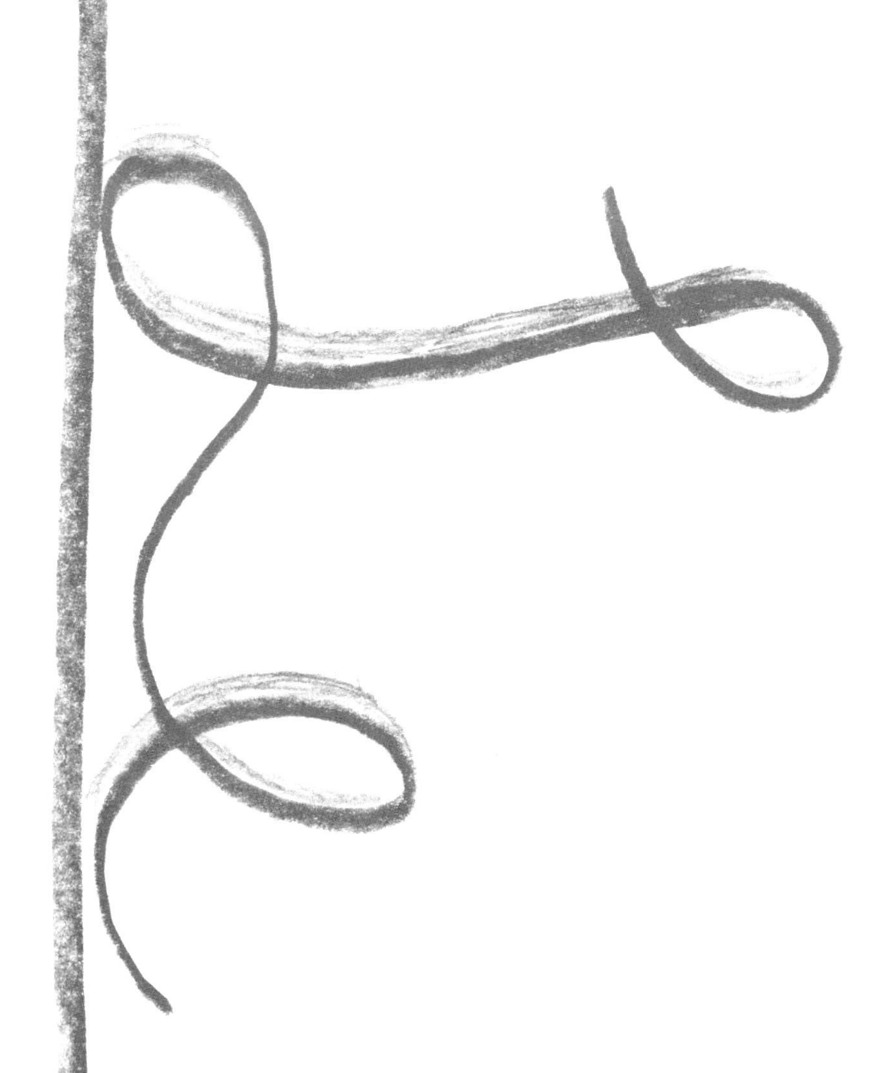

Texte de
Allan Ahlberg

Illustrations de
Bruce Ingman

Traduction de Savoyane Henri-Lepage

la courte échelle

Le crayon dessina un garçon.

— Comment je m'appelle ? demanda le garçon.

— Euh… Banjo, répondit le crayon.

— Bien, dit Banjo, dessine-moi un chien.

Le crayon dessina un chien.
— Comment je m'appelle ? jappa le chien.
— Euh… Bruce, répondit le crayon.
— Parfait, dit Bruce, dessine-moi un chat.
Le crayon hésita.
— S'il te plaît ! insista Bruce.

Le crayon dessina une chatte (prénommée Mildred).
Bruce, bien entendu, se mit à chasser Mildred.

Banjo se mit à chasser Bruce,

partout dans la maison (dessinée par le crayon)
et le long du chemin (dessiné par le crayon)
et dans le parc (dessiné par le crayon).

Ils coururent pendant très longtemps.
Ils avaient chaud, ils étaient fatigués, grognons…
et ils avaient faim.

— Dessine-moi une pomme, dit Banjo.
— Dessine-moi un os, jappa Bruce.
— Dessine-moi une… souris ? miaula Mildred.
— Non, répondit le crayon, pas de souris.
— D'accord, de la pâtée pour chats alors, miaula Mildred.

Hélas…
— Il nous est impossible de manger…
— … cette pomme-là ! cria Banjo.
— … cet os-là ! jappa Bruce.
— … cette pâtée-là ! miaula Mildred.

— ILS SONT EN NOIR ET BLANC !

Le crayon hésita, fronça les sourcils,
puis, l'air songeur, il dessina…

UN PINCEAU.

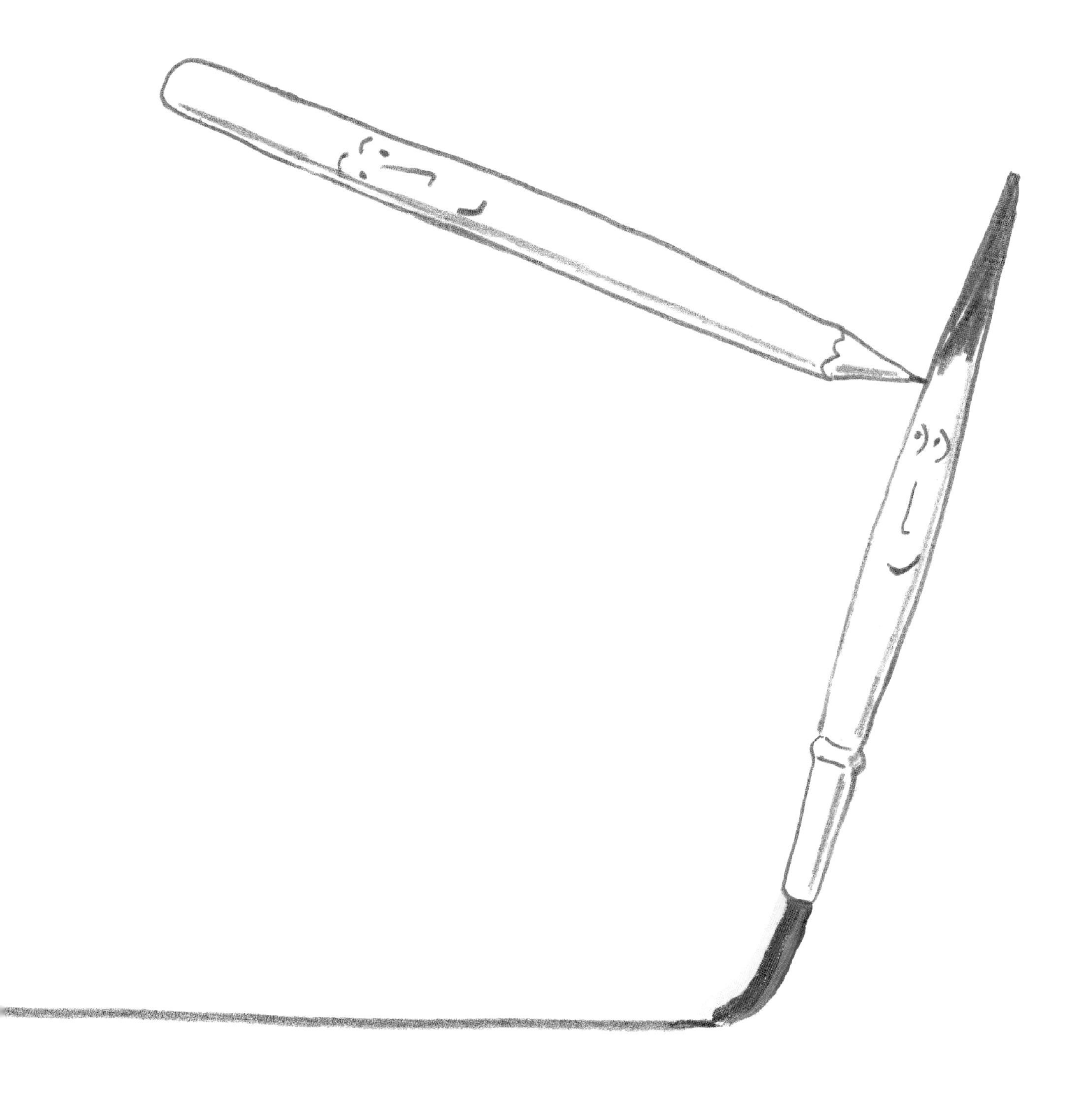

— Comment je m'appelle ? demanda le pinceau au crayon.

— Euh… Kitty, répondit le crayon.

— Parfait, dit Kitty. Comment puis-je vous être utile ?

Puis Kitty se mit à peindre la pomme, l'os et la pâtée pour chats.
Elle peignit Banjo et Bruce, mais pas Mildred.
Car le pelage de Mildred était noir et blanc.
Kitty peignit la maison, la route et le parc.

— Et maintenant ? demanda le crayon, d'un ton joyeux et emballé.
— C'est parti ! cria Kitty. (Elle était emballée, elle aussi.) Tu dessines et je colorie !

Et c'est
ce qu'ils firent.

Banjo hérita d'une petite sœur prénommée Elsie,
d'une maman et d'un papa, prénommés Madame et Monsieur,
de grands-mamans et de grands-papas,
de trois ou quatre cousins et d'un oncle Charlie.
Bruce eut même droit à une amie (un terrier du nom de Polly)
et à un ballon.

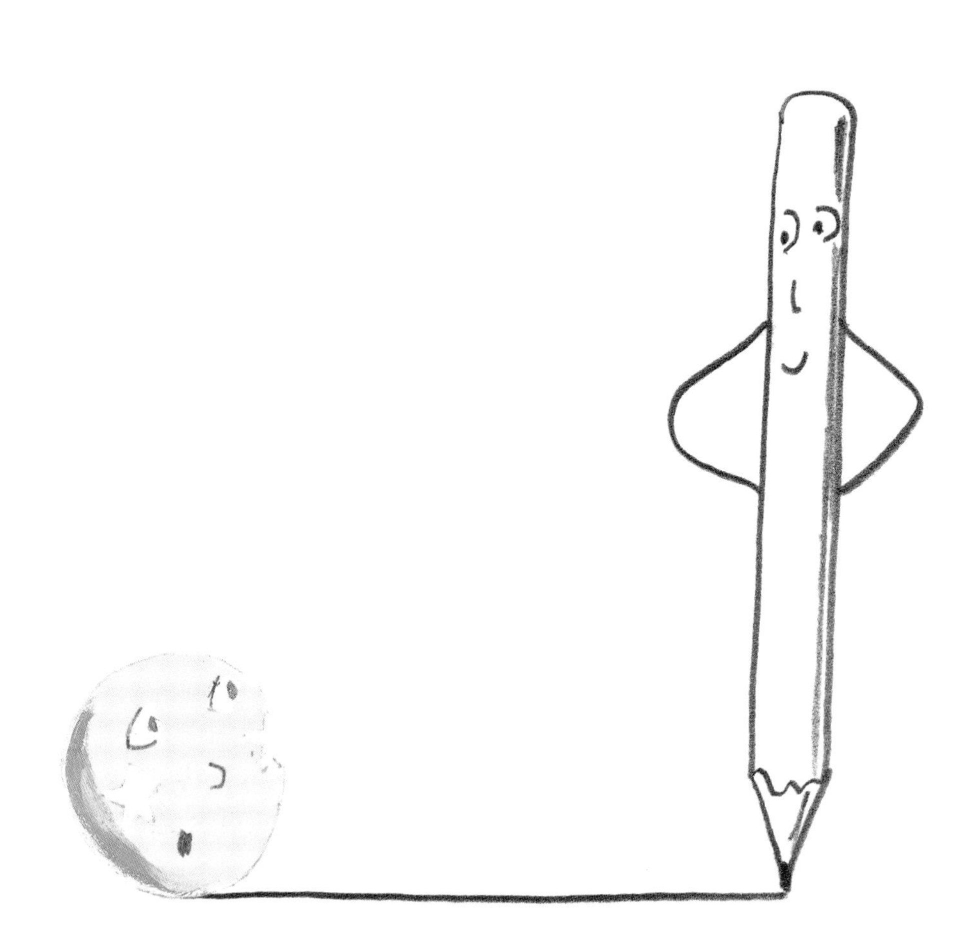

— Comment je m'appelle ? demanda le ballon.

— Ne sois pas ridicule, répondit le crayon.

Le ballon eut l'air triste.

— Bon, d'accord… tu t'appelles Sébastien, céda le crayon.

Puis, tout à coup, DES PROBLÈMES
À L'HORIZON.
Banjo botta Sébastien (« Oups ! »)
dans les airs et il cassa un carreau.
Polly se sauva avec l'os de Bruce.
« Comment je m'appelle ? »
demanda l'os au crayon. Un des chatons de
Mildred, que le crayon venait tout juste de
dessiner, resta coincé dans un arbre.
TOUT LE MONDE était grognon
et commençait à se plaindre.

— Mon chapeau a l'air grotesque, dit Madame.
— Mes oreilles sont trop grandes, dit Monsieur.
— Je ne devrais pas fumer la pipe, dit un grand-papa.
— Débarrassez-moi de ces chaussures ridicules! cria Elsie.

Le crayon hésita, fronça les sourcils, l'air inquiet. Il frémit un peu, puis dessina…

UNE GOMME À EFFACER.

Et la gomme à effacer,
comme on pouvait s'y attendre,
se mit à effacer les chapeaux,
les oreilles et tout le reste.
Et le crayon et le pinceau les
redessinèrent et les repeignirent.
Tout le monde était HEUREUX.

Mais, peu à peu, D'AUTRES PROBLÈMES À L'HORIZON.
La gomme se mit à effacer d'autres choses.
(Elle s'était emballée elle aussi.)

Elle effaça la table,
et la chaise,
et le tapis.

Puis la porte avant, et la maison.

Elle effaça l'arbre,
le chaton (qui était encore coincé tout en haut)
et les autres chatons.
Elle effaça les cousins,
les grands-mamans
et l'oncle Charlie.
Elle effaça

TOUT ! TOUT ! TOUT !

Elle effaça la route
et le parc
et le ciel.
Elle effaça tout –
même Kitty le pinceau.
TOUT !

Et puis il ne resta plus que le crayon,
un petit crayon de rien du tout, seul au monde.

La gomme à effacer continuait son chemin.
Le crayon dessina un mur pour l'arrêter.
La gomme l'effaça aussitôt.

Le crayon dessina une cage pour la contenir.
La gomme l’effaça aussitôt.

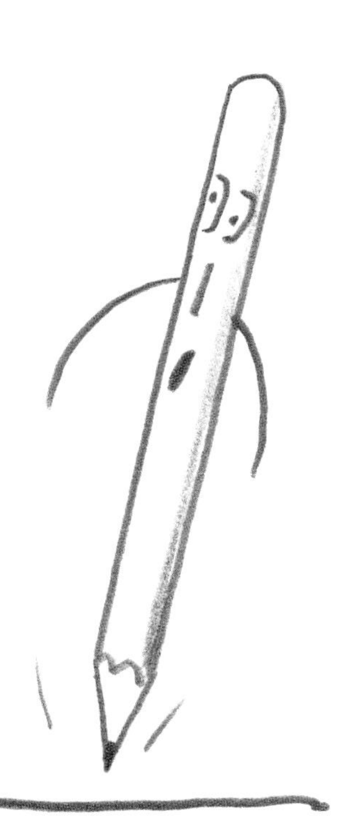

Le crayon dessina une rivière et des montagnes,
des lions, des tigres et des ours : « Oh là là ! »
Mais la gomme à effacer les effaça tous.

Quand tout sembla perdu et qu'il n'y avait plus rien à faire,
notre crayon vif et courageux frémit un peu,
se secoua légèrement, puis dessina…

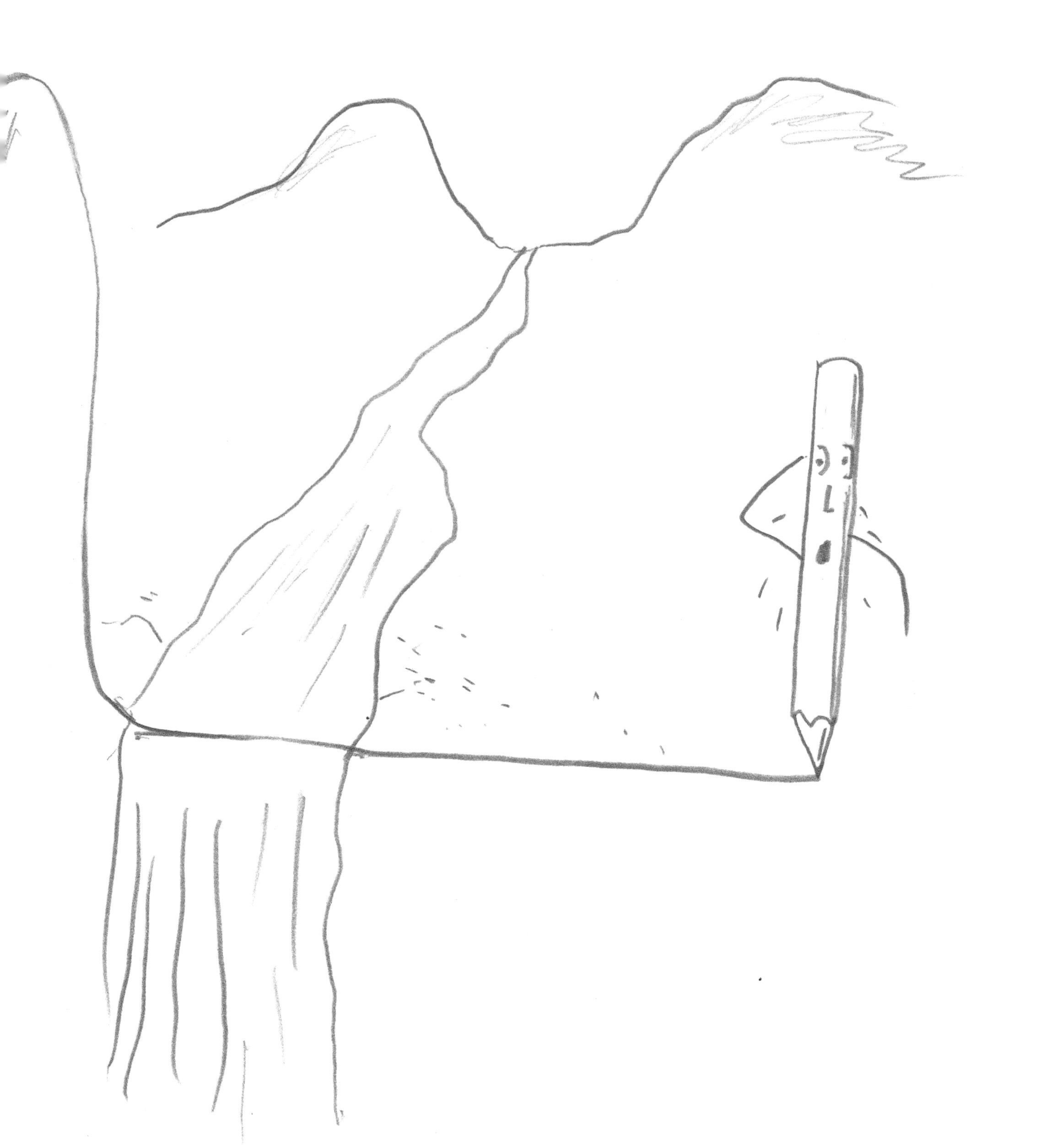

UNE AUTRE GOMME À EFFACER.

Et que firent les DEUX GOMMES À EFFACER ?
Au fait, elles s'appelaient Rhonda et Renée.
Bien sûr, comme on peut le deviner,
elles se frottèrent l'une contre l'autre…

ET S'EFFACÈRENT !

Ensuite, le crayon redessina (bien sûr !)
Banjo et Bruce, Mildred et tous les autres.
Puis Kitty (oui, oui, il la redessina aussi) les recoloria.

Il remit le soleil dans le ciel,
la maison sur la route,
le chaton dans l'arbre,
le gazon dans le parc,
et un pique-nique, un beau pique-nique tout neuf, sur le gazon.

Le pique-nique dura très, très longtemps.
Banjo joua au soccer avec Sébastien et ses petits cousins (« Hourra ! »).
Le papa de Banjo essaya de manger un œuf à la coque, prénommé Billy, mais l'œuf se sauva.
Une colonie de fourmis (« Comment nous appelons-nous ? » demandèrent les fourmis au crayon*) traversa la nappe à la queue leu leu.

Enfin, le soleil se coucha,
le pique-nique, les jeux et les aventures
prirent fin. Tout le monde et tous les objets
allèrent au lit.

Le crayon dessina une lune dans le ciel
et des collines qui s'assombrissaient.
Kitty, le pinceau, les coloria.
Il dessina une belle petite boîte avec
un intérieur tout doux.
Kitty la coloria.

Et elle coloria le crayon aussi.

Fin